BALOR

Le Caitríona Hastings agus Andrew Whitson

Seanscéal Gaeilge arna chur in oiriúint ag
Caitríona Hastings

Andrew Whitson
a rinne na léaráidí agus an clúdach

I ndilchuimhne ar Bhreandán Ó Mearáin

An tSnáthaid Mhór

Druine seansnáithe fíonn éadach úr

RÉAMHSCÉAL

F adó, fadó, i seantír na Gréige, mhair dream daoine a dtugtaí na Fir Bolg orthu. Thugtaí an t-ainm sin orthu ar an ábhar gur sclábhaithe a bhí iontu. Bhíodh orthu málaí móra cré a iompar chuig na carraigeacha sceirdiúla a bhí san áit, chun má mhéith a dhéanamh den talamh lom fiáin a bhí ann.

D'éalaigh na Fir Bolg ón ansmacht sin sa deireadh agus thug siad a n-aghaidh ar Éirinn.

Ní raibh siad i bhfad in Éirinn gur tharla brionglóid an-aisteach ag Eochaidh mac Eirc, an té a bhí ina rí orthu. Taibhsíodh dó ealta mhór éan ag eitilt isteach ón fharraige. Ansin, tháinig ceo dlúth dorcha anuas ar an tír. D'inis na draoithe d'Eochaidh gur tuar a bhí ann, go raibh namhaid tréan ag dul a theacht ina éadan.

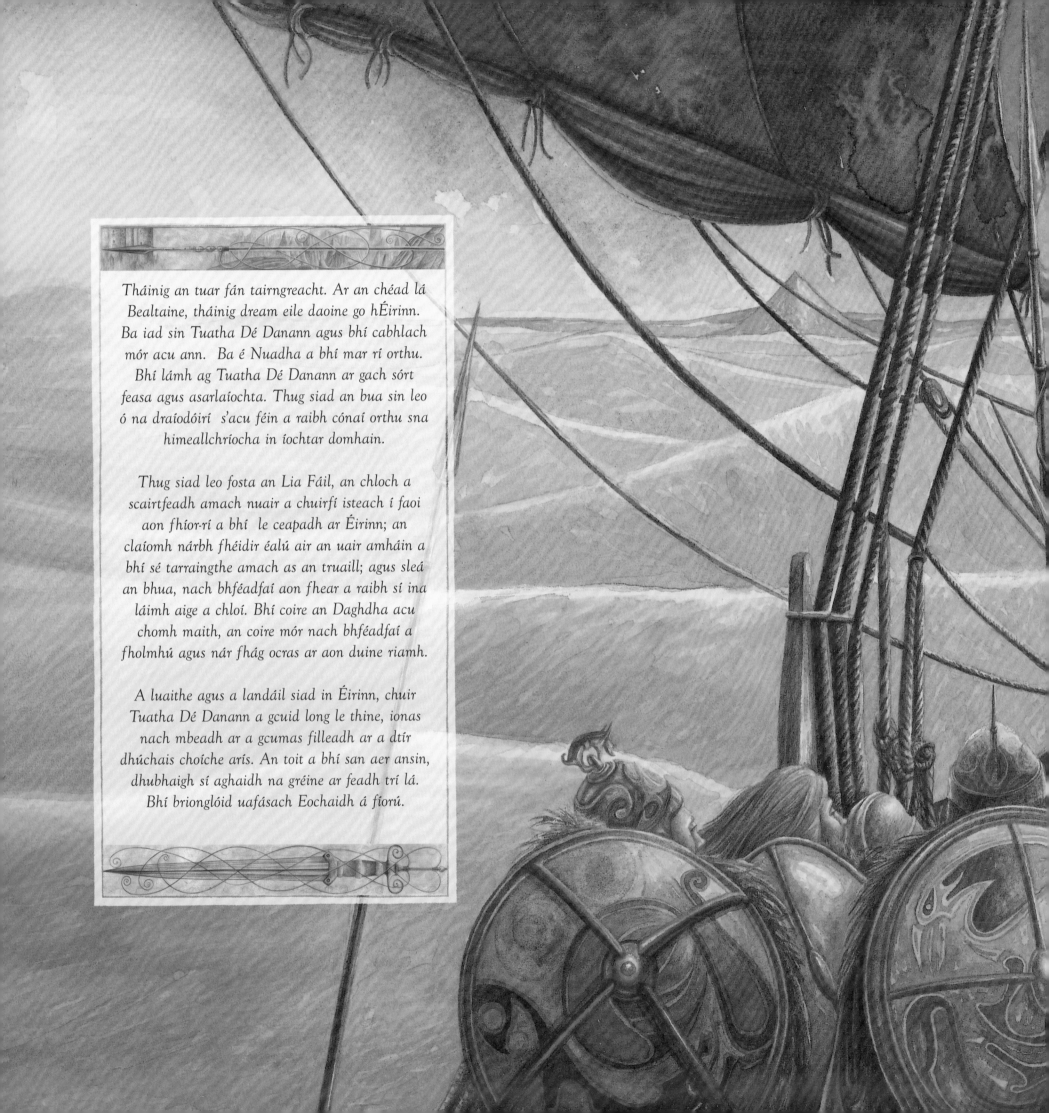

Tháinig an tuar fán tairngreacht. Ar an chéad lá Bealtaine, tháinig dream eile daoine go hÉirinn. Ba iad sin Tuatha Dé Danann agus bhí cabhlach mór acu ann. Ba é Nuadha a bhí mar rí orthu. Bhí lámh ag Tuatha Dé Danann ar gach sórt feasa agus asarlaíochta. Thug siad an bua sin leo ó na draíodóirí s'acu féin a raibh cónaí orthu sna himeallchríocha in íochtar domhain.

Thug siad leo fosta an Lia Fáil, an chloch a scairtfeadh amach nuair a chuirfí isteach í faoi aon fhíor-rí a bhí le ceapadh ar Éirinn; an claíomh nárbh fhéidir éalú air an uair amháin a bhí sé tarraingthe amach as an truaill; agus sleá an bhua, nach bhféadfaí aon fhear a raibh sí ina láimh aige a chloí. Bhí coire an Daghdha acu chomh maith, an coire mór nach bhféadfaí a fholmhú agus nár fhág ocras ar aon duine riamh.

A luaithe agus a landáil siad in Éirinn, chuir Tuatha Dé Danann a gcuid long le thine, ionas nach mbeadh ar a gcumas filleadh ar a dtír dhúchais choíche arís. An toit a bhí san aer ansin, dhubhaigh sí aghaidh na gréine ar feadh trí lá. Bhí brionglóid uafásach Eochaidh á fíorú.

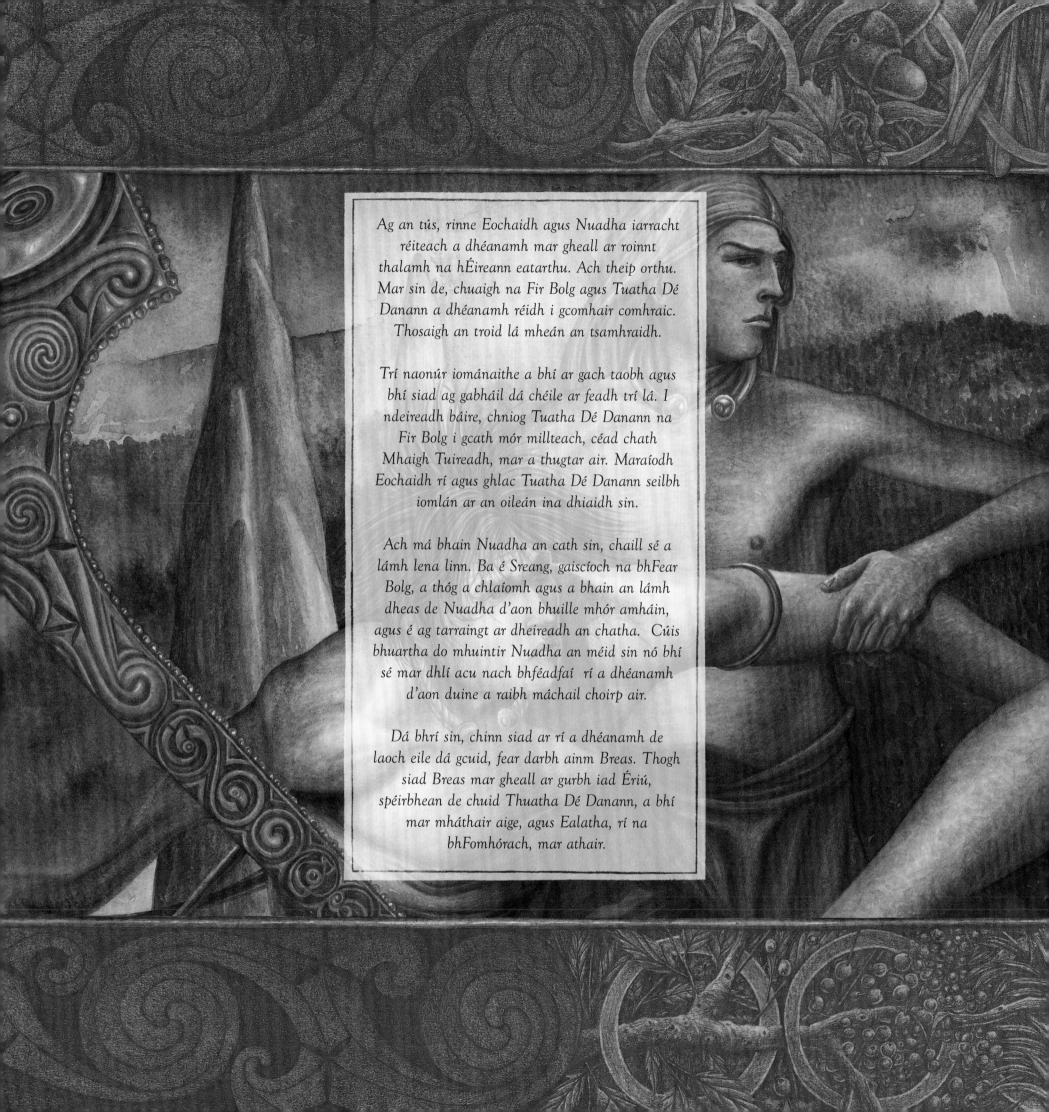

Ag an tús, rinne Eochaidh agus Nuadha iarracht réiteach a dhéanamh mar gheall ar roinnt thalamh na hÉireann eatarthu. Ach theip orthu. Mar sin de, chuaigh na Fir Bolg agus Tuatha Dé Danann a dhéanamh réidh i gcomhair comhraic. Thosaigh an troid lá mheán an tsamhraidh.

Trí naonúr iománaithe a bhí ar gach taobh agus bhí siad ag gabháil dá chéile ar feadh trí lá. I ndeireadh báire, chniog Tuatha Dé Danann na Fir Bolg i gcath mór millteach, céad chath Mhaigh Tuireadh, mar a thugtar air. Maraíodh Eochaidh rí agus ghlac Tuatha Dé Danann seilbh iomlán ar an oileán ina dhiaidh sin.

Ach má bhain Nuadha an cath sin, chaill sé a lámh lena linn. Ba é Sreang, gaiscíoch na bhFear Bolg, a thóg a chlaíomh agus a bhain an lámh dheas de Nuadha d'aon bhuille mhór amháin, agus é ag tarraingt ar dheireadh an chatha. Cúis bhuartha do mhuintir Nuadha an méid sin nó bhí sé mar dhlí acu nach bhféadfaí rí a dhéanamh d'aon duine a raibh máchail choirp air.

Dá bhrí sin, chinn siad ar rí a dhéanamh de laoch eile dá gcuid, fear darbh ainm Breas. Thogh siad Breas mar gheall ar gurbh iad Ériú, spéirbhean de chuid Thuatha Dé Danann, a bhí mar mháthair aige, agus Ealatha, rí na bhFomhórach, mar athair.

Ba dhream santach cíocrach as an domhan íochtair iad na
Fomhóraigh. I ndiaidh do Thuatha Dé Danann an bua a fháil
ar na Fir Bolg, thosaigh na Fomhóraigh a chur suime i dtír na
hÉireann chomh maith. Sin é an fáth gur shíl Tuatha Dé
Danann gur mhaith an mhaise dóibh rí a dhéanamh de Bhreas.
Dar leo, bheadh ar a chumas siúd cairdeas a dhéanamh leis na
Fomhóraigh agus an chontúirt a bhain leo a mhaolú.

Ardghaiscíoch dóighiúil a bhí i mBreas ach, monuar, níorbh
fhada gur léir gur ag taobhú leis na Fómhoraigh a bhí sé.
Thosaigh ardríthe na bhFomhórach a ghearradh cánach ar thír
na hÉireann, agus lig Breas leo. Chuaigh seisean é féin a
ghearradh cánach ar gach teach sa tír fosta.

Ina theannta sin, bhíodh Breas ag cur feirge ar Thuatha Dé
Danann in aghaidh an lae, mar ní raibh sé fial nó flaithiúil
mar cheannaire. Ní dheachaigh smearadh bealaidh ar aon scian
ag a thábla agus boladh leanna ní bhfuarthas ar anáil aon
duine a thug cuairt air. Níor chualathas aon fhile, aon bhard,
aon phíobaire, aon chláirseoir nó aon chornaire sa dún s'aige.
Cuireadh ní dheachaigh ar aon duine éisteacht le briatharchath
idir na saoithe léinn sa dún agus ní fhacthas na tréanfhir i
mbun airm ann, mar ba ghnách.

B'éigean fáil réidh le Breas. D'iarr Tuatha Dé Danann ar Mhiach, ar mhac
le Dian Céacht é, lámh Nuadha a leigheas, ionas go mbeifí ábalta rí a
dhéanamh de, athuair. Chuir Miach a lámh ar láimh Nuadha agus dúirt
sé an ortha, 'Alt le halt agus féith le féith.' Naoi lá agus naoi n-oíche a thóg
sé ar láimh Nuadha cneasú, go raibh sí chomh lúfar céanna is a bhí an
lámh a chaill sé an chéad lá.

Ansin, chuaigh Nuadha agus ceannairí eile Thuatha Dé Danann ionsar
Bhreas, ag iarraidh go ndéanfaí Nuadha a cheapadh ina fhíor-rí ar Éirinn
arís. Ghéill Breas dóibh, ach ní raibh sé sásta.

'Bhur dtoil go raibh déanta,' arsa Breas. Ach ina chroí istigh, bhí fonn
díoltais air. Is ansin a chinn Breas ar arm a thógáil in éadan Nuadha agus
a mhuintire. D'imigh sé féin agus a mháthair go tír na bhFomhórach gur inis
dóibh fán dóigh ar chaith Tuatha Dé Danann leis. Moladh dó dul a lorg
cabhrach ar fhear a bhí ina dheargnamhaid ag Tuatha Dé Danann, mar a
bhí, ardtiarna na bhFomhórach. Ba é sin an gaiscíoch Balor, mac Dot, mac
Néit, Balor Béimeann mar a thugtaí air.

Ag seo thíos scéal Bhaloir, ón chor a chuir an chinniúint ina shaol agus é
ina ógfhear go dtí an bás tragóideach a fuair sé faoi láimh a aon ó féin, mar
a tuaradh nuair a tháinig sé ar an saol ar tús. Má tá bréag ann bíodh, ní
mise a chum ná a cheap!

BALOR

BÉIMEANN

AGUS A

AON Ó FÉIN

I bhfad ó shin agus is fada ó bhí, chónaigh fear in Éirinn a dtugadh siad Balor Béimeann air. Thugtaí Balor na Súile Nimhe air fosta, nó bhí súil nimhe aige i gclár a éadain.

B'uafásach an tubaiste a bhain do Bhalor agus é ina ógfhear. Lá amháin, chuala sé cantaireacht ag teacht as seomra i ndún a athar. Suas leis go formhothaithe chuig doras an tseomra agus d'amharc isteach. Cad é a chonaic sé istigh ach draoithe a athar agus iad i mbun chomhbhruith draíochta. An ghal a bhí ag éirí aníos as an phota, chuaigh sí isteach i súil Bhaloir agus lonnaigh ansin. D'inis an t-ard-draoi do Bhalor ina dhiaidh sin gur comhbhruith an bháis a bhí sa phota. Ar an ábhar sin, dá n-amharcfadh Balor ar aon duine leis an tsúil nimhe, gheobhadh an té sin bás ar an toirt.

De réir mar a bhí na blianta á gcaitheamh, bhí galrú na súile ag dul in olcas ar Bhalor. Bhí sí chomh cumhachtach sin sa deireadh gurbh éigean do Bhalor í a choinneáil druidte an t-am ar fad. Choinníodh sé naoi seithe leathair i gcónaí anuas uirthi. Fiú dá mba mhian leis namhaid a mharú, ní raibh ar a chumas an tsúil a oscailt as a stuaim féin. B'éigean do cheathrar fear eile na seithí leathair a ardú le fáinne eabhair chun sin a dhéanamh dó. Is beag fear a bhí ag iarraidh an jab sin, nó ba chontúirteach an obair í.

Ba iad Tuatha Dé Danann a bhí i gceannas ar Éirinn ag an am sin. Bhí gach sórt draíochta agus asarlaíochta acu sin agus bhí ag éirí go maith leo gur tháinig naimhde thar toinn isteach chucu, á gcrá agus á gcéasadh. Ba iad sin na Fomhóraigh, dream santach, ciocrach, gránna, a shantaigh talamh na hÉireann agus a thosaigh a ghearradh tromchánach ar na daoine.

Bhí Balor na Súile Nimhe ar an duine ab uafásaí ar na Fomhóraigh uilig. Bhí cónaí air i dtúr gloine thuas ar an Tor Mór ar oileán Thoraí, áit iargúlta mar a bhfuil na haillte ag gobadh amach san fharraige mhór. Chónaigh Balor ar an oileán as siocair go ndearnadh tairngreacht fá dtaobh de nach mbeadh aon bhás i ndán dó choíche murab é mac a aoiníne féin a mharódh é. Ní raibh ach aon iníon amháin aige agus Eithliú an t-ainm a bhí uirthi.

Bhí an-eagla ar Bhalor mar gheall ar an tairngreacht agus b'éigean dó cinnte a dhéanamh de nach mbeadh aon chlann ar Eithliú. Chuir sé faoi ghlas sa túr í agus chuir dáréag ban á coimhéad. Túr draíochta a bhí ann. Dá ndéanfaí ionsaí air, d'imeodh sé as radharc ar fad. Thiocfadh sé ar ais arís nuair a bheadh uair na contúirte thart.

Ní dheachaigh Balor sa tseans go dtiocfadh aon fhear isteach chuig a iníon. Leag sé gaiste. Shocraigh sé gréasán cordaí thart timpeall ar an túr. Chuir sé cloigíní ar gach corda. Dá mbainfeadh aon duine do na cordaí, rachadh na cloigíní a bhualadh agus ansin bhéarfaí ar an duine sin láithreach.

Ag an am sin, bhí triúr deartháireacha de chuid Thuatha Dé Danann ina gcónaí ar tír mór, os comhair an oileáin. Ba iad sin Cian, Goibhniú an sárghabha, agus Samthainn.

Bhí bó iontach ag Cian a dtugtaí an Ghlas Ghaibhleann uirthi. Bhíodh gach duine ag santú na bó sin toisc a fheabhas agus a bhí sí ar a bleacht. Bhíodh sí ag tál bainne, bliain i ndiaidh na bliana, gan stad, gan staonadh. Dá mbeadh an féar iontach milis, líonfadh sí a raibh de shoithí sa tír le bainne. Bhí an Ghlas an-chúramach ag Cian agus eisean é féin a thugadh aire di. Bhí sé chomh ceanúil uirthi is a bhí sé ar an tsúil ina cheann féin agus amach as a radharc ní ligfeadh sé í.

Ach bhí Balor ag santú an Ghlas Ghaibhleann fosta, ar feadh i bhfad. Chuir sé teachtairí chuig Cian á hiarraidh. Ní thabharfadh Cian uaidh a bhó, ar ór ná ar airgead, agus ní nach ionadh. Ní raibh ach aon dóigh amháin ag Balor leis an Ghlas a fháil, agus ba é sin í a ghoid.

Sa deireadh, fuair sé a sheans. Lá amháin, tháinig Cian chuig ceárta Ghoibhniú, é féin agus an bhó, ag iarraidh claimhte a fháil déanta dó féin agus dá bheirt deartháireacha. Shín sé adhastar na bó chuig Samthainn agus d'iarr air í a choimhéad, a fhad is a bheadh seisean istigh sa cheárta.'

Rug Balor ar an áiméar! Chuir sé cuma ghasúir bhig rua air féin agus tháinig sé aníos chuig Samthainn. Ar seisean, 'A dhuine uasail, chuala mé beirt fhear ag caint istigh sa cheárta ansin – bhí siad á rá go bhfuil siad chun an chruach s'agatsa a ghoid lena cur isteach ina gcuid claimhte féin. Cuirfidh siad iarann isteach i do chlaíomhsa!'

Chreid Samthainn an gasúr rua, agus chaith sé adhastar na bó chuige. Isteach leis sa cheárta agus é ar deargbhuile. Ach a luaithe is a d'imigh Samthainn, d'athraigh Balor ar ais ina chruth féin. Bhí an Ghlas Ghaibhleann ina sheilbh aige anois! Tharraing sé leis í agus as go brách leis trasna na farraige, isteach go Toraigh.

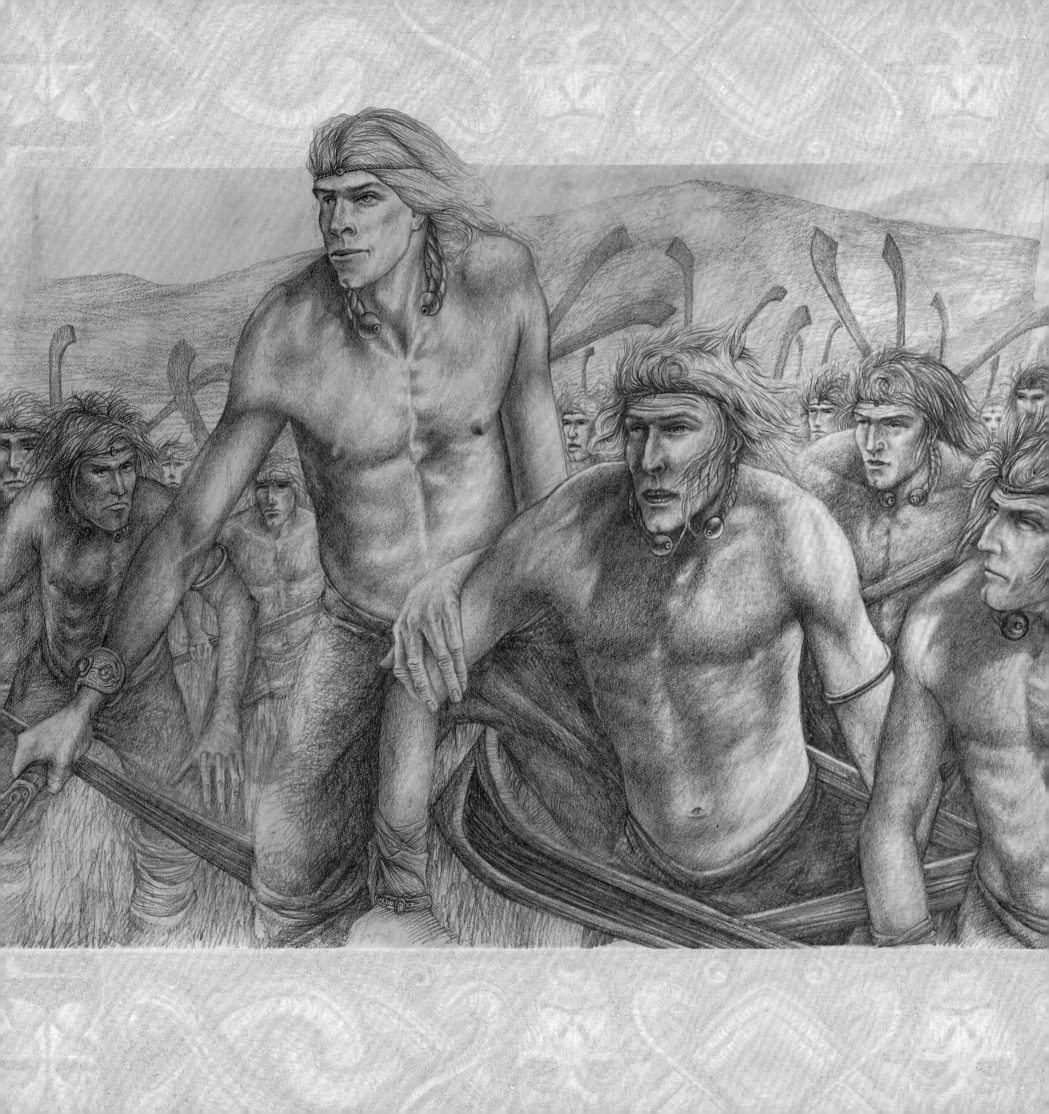

Nuair a d'aithin Cian go raibh an bhó imithe, bhí sé an-trína chéile. Shiúil sé leis agus é ag mairgneach fána dhóigh, gur tháinig sé a fhad le trá mar a raibh baicle fear ag iomáint. Chuir Cian tuairisc na bó. Chuaigh na fir a mhagadh air agus lean siad den chluiche, nó b'aisteach chráite an chuma a bhí air, é ina sheasamh ansin ag lorg thuairisc a bhó.

I ndeireadh báire, ghlac fear amháin acu trua do Chian. Giall Dubh ab ainm dósan. Arsa sé, 'Ná bí ag cur isteach ar an chluiche seo níos mó nó is duitse is measa – is lucht sí iad na himreoirí seo. Ach cabhróidh mise leat.'

Ansin thug Giall Dubh Cian a fhad le bandraoi darbh ainm Bioróg an tSléibhe, ag iarraidh comhairle fán bhó.

Bhí asarlaíocht den uile chineál ag Bioróg. Thóg sí Cian ansin agus d'iompair sí léi é, trí stoirm agus ghála, suas os cionn ghréasán cordaí agus cloigíní Bhaloir, go raibh siad istigh ag an túr. Ansin, chuir Bioróg suan codlata ar na mná faire agus bhí faill ag Cian labhairt le hEithliú. A luaithe is a leag sí súil ar Chian, d'aithin Eithliú gurbh é ansacht a croí é. Chaith Cian agus Eithliú an oíche sin ag caint agus ag comhrá, agus ag tabhairt grá dá chéile.

Bhí go maith agus ní raibh go holc. An chéad lá eile, chuaigh Cian ar ais chuig Bioróg.
'Anois,' ar seisean, 'cad é a dhéanfas mé chun an Ghlas Ghaibhleann a fháil ar ais?'

'Inseoidh mé sin duit,' arsa Bioróg leis. 'Gabh isteach chuig Balor agus fiafraigh de cén cháin atá sé a iarraidh ar
an Ghlas Ghaibhleann.'

'Bhal,' arsa Balor, 'seo an cháin: ní mór duit seacht seithe leathair, idir adharca agus ruball, a ithe fhad is a
bheas orlach amháin de choinneal fheaga á dhó agamsa.' Nuair a d'fhill Cian chuig Bioróg leis an scéala sin,
chuir sí comhairle air:

'Gabh ar ais chuig Balor anois,' ar sise, 'agus abair leis go ndéanfaidh tú do dhícheall cáin na bó a íoc. Seolfaidh
sé isteach i seomra thú mar a bhfuil na seacht seithe. Tabharfaidh seisean leis an choinneal fheaga chun í a dhó.
Gearr thusa na seithí go gasta. Tiocfaidh mise isteach agus tabharfaidh mé ar shiúl iad. Cuirfidh mé orm mo
chóta dorcha agus ní bheidh aon duine in ann mé a fheiceáil.'

Is mar sin a rinneadh. Ghearr Cian na seithí agus thug Bioróg léi iad. Díreach ar an bhomaite a bhí an
choinneal dóite, isteach le Balor agus, iontas na n-iontas, ní raibh oiread is fad láimhe d'aon seithe fágtha!
'Cá bhfuil na seacht seithe?' a d'fhiafraigh Balor.

'Tá siad ite agam,' arsa Cian. Bhí Balor ar mire. Ní raibh dóigh ar bith ann go raibh sé chun scaoileadh leis an
bhó! 'Tar ar ais chuig an túr amárach,' ar seisean. 'Beidh m'iníon ag caitheamh adhastar na bó san aer - má
chaitheann sí leatsa é, bhéarfaidh mé an Ghlas Ghaibhleann ar ais duit.'

Maidin lá arna mhárach, chuaigh Cian ar ais go dtí an túr. Bhí Eithliú ansin agus í ag súgradh le hadhastar na
bó. Nuair a chonaic sí Cian, tháinig gliondar ar a croí. Sheas Balor os comhair Eithliú agus sheas Cian ar a cúl.
Thar a gualainn a chaith sí an t-adhastar, gur rug Cian greim air. Bhuail fearg mhillteach Balor.

'Ná nach bhfuil a fhios agat, a athair,' arsa Eithliú, ag gabháil leithscéil leis, 'go bhfuil cor cam i súil gach uile
mhná? Ní raibh neart agam air – tá cuisle cham i mo láimh!' Bhí Balor buailte. Níorbh fhada go ndeachaigh
Cian ar ais go tír mór agus an Ghlas Ghaibhleann in éineacht leis.

Bhí suaitheadh mór eile i ndán do Bhalor. Trí ráithe ina dhiaidh sin, rugadh mac d'Eithliú. Nuair a fuair Balor amach fán leanbh, chuaigh sé as a chrann cumhachta. D'ordaigh sé an leanbh a chur isteach i bpluid, an phluid a cheangal le dealg, agus an t-iomlán a chaitheamh amach san fharraige mhór; rud a rinneadh. Bhí an naíonán á iompar trasna na farraige, nuair a bhris an dealg. D'oscail an phluid agus caitheadh an leanbh isteach san fharraige. Cheap gach duine gur báite a bhí sé go cinnte.

Ach tháinig Bioróg an tSléibhe i dtarrtháil air. Thóg sí suas an leanbh, aon ó Bhaloir, agus thug sí léi é. Chuir sí ar altramas ansin é, ag Taillte, iníon Mhagmor, ar mhórmhá na Spáinne.

Rinneadh seo i ngan fhios do Bhalor, a chreid go raibh an leanbh báite. Tháinig an gasúr i méadaíocht, agus gan aon eolas aige ar cérbh é féin. Fear óg dóighiúil a bhí ann agus thugtaí Lugh Lámhfhada mar ainm air.

Agus Lugh ag teacht in inmhe fir, b'ildánach an t-ógfhear é. Bhí lámh aige ar gach ceird dá raibh ann.

Tharla ag an am sin go raibh Balor, agus ceannairí eile na bhFomhórach, Breas agus Indech, ag tabhairt a gcuid arm le chéile chun droichead mór long a chur ón tír s'acu féin go tír na hÉireann. Bhídis ag gearradh cánach agus ag imirt gach saghas leatroim ar Thuatha Dé Danann le fada an lá. Slua chomh scáfar, chomh creathnach leis an arm sin a thóg siad, níor tháinig go hÉirinn, riamh ná ó shin.

Lá amháin, bhí Nuadha agus a mhuintir ag comóradh bainise ag Teamhair na Rí. Chonaic siad chucu complacht fear faoi arm agus faoi éide. Marcaigh an tslua sí a bhí iontu. Ar thosach an tslua, bhí Lugh Lámhfhada, gaiscíoch óg dathúil, banda ríoga ar a cheann aige agus a aghaidh chomh geal leis an ghrian.

Bhí Lugh thuas ar mhuin an Aonbhairr. Ba é sin capall Mhanannáin a raibh sé ar a chumas an fharraige a shiúl chomh gasta céanna leis an talamh tirim. Bhí an Freagarthach ina láimh aige. Ba é sin claíomh Mhanannáin. Aon fhear a thagadh ina éadan siúd, ba ghnách leis é a fhágáil chomh lag le bean agus í ar leaba luí seoil.

Ach, sula ligfí isteach chun na cúirte é, chuir muintir Nuadha ceastóireacht chrua ar Lugh mar gheall ar cérbh é agus mar gheall ar na ceirdeanna agus na dána a bhí aige. D'fhreagair sé gach ceist go seoigh, nó b'ildánach an t-ógfhear é agus bhí máistreacht aige ar an uile ealaín dár luaigh siad leis. Scaoileadh isteach sa chúirt é sa deireadh agus d'iarr Nuadha féin air suí ar chathaoir an tsaoi go gcuirfeadh sé comhairle ar Thuatha Dé Danann fán dóigh ab fhearr le bua a fháil ar na Fomhóraigh a bhíodh á síorchéasadh, de ló agus d'oíche.

Chuir siad tús leis an bhainis a bhí siad a cheiliúradh ansin. Ní raibh muintir Nuadha agus muintir Lugh ach ag cur fáilte roimh a chéile nuair a chonaic siad chucu, ar dhroim capaill, naoi naonúr Fomhórach. Chun tosaigh ar na Fomhóraigh, bhí Eine, Eathfaigh, Coron agus Campar. Bhí siadsan ar na taoisigh ab fhíochmhaire a bhí acu. Chun tosaigh orthu sin arís, bhí ceannairí a bhí ní ba chruálaí fós, mar a bhí, Maol agus Mullóg, beirt seirbhíseach Bhaloir a bhíodh ag gearradh cánach ar Thuatha Dé Danann, ar son a máistir.

Is é seo an dlí a bhí ann san am: aon fhleá a bhíodh ag Tuatha Dé Danann, níor mhór dóibh an chéad stiall den spóla feola a thabhairt do na Fomhóraigh. Agus an t-am seo, nuair a chonaic na Fomhóraigh go raibh tús curtha ag muintir Nuadha leis an bhéile, gan fanacht leosan teacht i láthair, bhuail racht feirge iad.

Bhí fearg ar Lugh fosta. Ar fheiceáil dó an dóigh ar sheas Nuadha agus a mhuintir in ómós do na Fomhóraigh, nuair a tháinig siad ionsorthu, chuaigh sé ar an daoraí.
'Sheas sibh in ómós don drong ghránna seo!' ar seisean. 'Cén fáth nár sheas sibh in ómós dúinne nuair a tháinig muid isteach chun na cúirte?'

'Tá sé d'fhiacha orainn seasamh in ómós dóibh,' a d'fhreagair Nuadha. 'Níl an dara rogha againn. Ba chuma leis na bithiúnaigh sin, Maol agus Mullóg, ár gcuid ban a ardú leo, nó ár gcuid páistí a mharú os comhair ár dhá súl!'

Ní fhéadfadh Lugh fanacht ina thost níb fhaide. Arsa seisean, 'Rófhada atá sibh faoin leatrom seo!'

Thóg sé a chlaíomh agus chuaigh a ghearradh a bhealaigh trí na Fomhóraigh ansin, á marú ina nduine agus ina nduine de réir mar a bhuail sé leo, gur tháinig sé a fhad le Maol agus Mullóg. Rug sé greim ar Mhaol i dtosach agus scoilt a theanga ina dhá leath. Rinne sé poll sa dá phluc ag Maol. Bhrúigh sé leath na teanga amach tríd an phluc chlé agus an leath eile amach tríd an phluc dheas. Nuair a bhí an méid sin déanta aige, bhrúigh sé cipín adhmaid tríd an teanga, ó thaobh go taobh. An chéad rud eile, rug sé greim ar Mhullóg agus rinne an cleas céanna airsean.

Síos chun an chladaigh a tharraing sé an bheirt ansin. Thug sé cic maith isteach i mbád dóibh agus d'imigh siad le sruth, amach chun na farraige móire. Lá iomrá níl orthu ó shin, ná aon tuairisc go ndearna aoinne tarrtháil orthu.

Bhí scéala Mhaol agus Mhullóg ag dó na geirbe ag Balor Béimeann. Chuaigh sé ag iarraidh fáil amach cén duine a raibh sé de dhánacht ann a leithéid a dhéanamh ar a chuid fear.

'Is maith is eol domsa cé a rinne é,' arsa a bhean, Ceithleann na bhfiacal cam. 'Is é do gharmhac féin é, gan amhras - eisean a rinne é! Tháinig an tuar fán tairngreacht!'

Nuair a chuala Balor cad é a dúirt a bhean, bhuail sceon é. Ar seisean, go mórtasach:

'Rachaidh mise mé féin go hÉirinn. Bhéarfaidh mé liom seacht mbuíon de mharcshlua na bhFomhórach agus cuirfidh mé cath ar an Ildánach seo. Bainfidh mé an cloigeann de agus bhéarfaidh mé abhaile chugatsa é. Déantar na longa a ullmhú i gcomhair an aistir!'

Rinne Balor agus slua na bhFomhórach réidh a gcuid arm agus a gcuid éide ansin. Thug a n-aghaidh ar Éirinn gan a thuilleadh moille.

Ag an am céanna sin, bhí
Lugh ag iarraidh ar
chomhairle airm Thuatha Dé
Danann iad féin a dhéanamh
réidh i gcomhair an chatha
fosta. Ba liosta le háireamh
iad líon na ndaoine a bhí ag
tairiscint cuidiú do Lugh.

Na draíodóirí, dúirt siadsan go
dtabharfaidís ar shléibhte
maorga na hÉireann titim
anuas i mullach na
bhFomhórach.

Dúirt na cornairí go gcuirfidís
tart íota ar na Fomhóraigh,
nach mbeadh aoinne in ann
teacht ar dheoch uisce ach
amháin arm Lugh.

Dúirt na draoithe go seolfaidís
an chaor thine ina ceathanna
in aghaidh an namhad.
Thiocfadh tinneas coirp agus
intinne orthu féin agus ar a
gcuid capall. Maidir le harm
Lugh, gheall na draoithe gur
ag bailiú nirt a bheadh
siadsan, le gach anáil a
tharraingeoidís isteach.

Gheall na mná feasa go
gcuirfidís draíocht ar na
crainn, ar na clocha agus ar
na fóda talaimh. Dhéanfaidís
slua armtha astu in éadan na
bhFomhórach, chun uamhan a
chur ar an namhaid agus an
ruaig a chur orthu.

Dúirt na gaibhne nach gcaithfí
aon urchar iomrallach ó na
sleánna a bhí déanta acu féin,
agus nach n-éireodh le haoinne
éalú ó na sleánna céanna.

Gheall na lianna leighis aon fhear de Thuatha Dé Danann a ghortófaí i rith an lae, go mbeadh sé ar a sheanléim, réidh i gcomhair na troda arís, maidin lá arna mhárach.

Maidir le Lugh é féin, chuaigh seisean thart a thabhairt misnigh dá chuid fear, go raibh meanma rí i gcroí gach duine acu.

Faoin am seo, bhí slua iomlán na bhFomhórach tagtha i dtír in Éirinn, agus Balor ar a dtosach.

Chuir Lugh an Daghdha ionsorthu ansin, chun moill a chur orthu, le faill a thabhairt dá arm féin déanamh réidh le haghaidh an chatha dheiridh.

D'iarr an Daghdha sos comhraic ar na Fomhóraigh. Bhí siad sásta an méid sin a ghéillstean; dá n-íosfadh duine de Thuatha Dé Danann lán coire mhóir bracháin agus é measctha le muiceoil, le caoireoil agus le feoil ghabhair. Dá dteipfeadh ar an duine sin, cuirfí chun báis é. Ní ligfeadh an Daghdha an dúshlán sin thairis féin. D'ith seisean a raibh sa phota, go raibh a bholg féin chomh mór le coire tí, rud a bhain scairteadh gáire as na Fomhóraigh.

I ndeireadh na dála, thug an dá arm aghaidh ar a chéile. Ach níor ligeadh do Lugh dul isteach sa chath - bhí eagla ar Thuatha Dé Danann go mbeadh na Fomhóraigh ag iarraidh eisean a mharú i dtosach an chatha, mar gheall ar a ildánaí is a bhí sé.

Ghluais na Fomhóraigh chun tosaigh agus shocraigh iad féin ina gcathláin láidre domhillte. Bhí siad chomh láidir an lá sin gurbh ionann ionsaí a dhéanamh orthu agus do cheann a bhualadh in éadan aille nó do lámh a chur isteach i nead na nathrach nimhe!

Lig Tuatha Dé Danann gáir chatha astu agus iad ag rith isteach ar pháirc na troda. Is iomaí ógfhear dóighiúil a thit ansin i mbearna an bháis. Ba mhór an t-ár agus an luíochán a bhí ann. Bhí an fhuil dhearg ag sileadh le craiceann geal na gcuradh óg a bhí faoi ionsaí agus iad ina rith isteach sa chath. Lig na gaiscígh ardliú astu ansin, ag cosaint a gclaimhte, a gcuid sleánna, agus a gcorp féin ar an slua Fomhórach a bhí á mbualadh ar gach taobh.

B'uafásach an clampar a bhí ann os cionn pháirc an áir. Bhí na curaidh ag scairteadh agus na sleánna geala ag bualadh in éadan a chéile. Chloisfeá clonscairt na gclaimhte agus na lann faoina ndoirne eabhair, cliotaráil na mbolgán saighead, crónán agus seabhrán na ngathanna géara. Bhí tollbhuillí na n-arm le cloisteáil gach aon áit ar fud an bhaill.

Le linn na sceanairte sin, bhí na gaiscígh brúite chomh dlúth sin le chéile, dhóbair go raibh barr na méar agus na gcos acu ag bualadh in éadan a chéile. Thíos fúthu, bhí an talamh sleamhain faoi na tuilte fola a bhí ina luí ina slodáin achan áit. Bhíodh fir ag titim an t-am ar fad. Bhaintí an ceann díobh agus iad ina suí ansin ar an talamh. Bhí sé ina árchath fuilteach, goineach, géar, crólinnteach. Bhí sáfacha na sleánna á ndeargadh ina gcuid lámh de réir mar a bhí an troid ag dul i ndéine.

Nuair a bhí an cath i mbarr a réime, d'éirigh le Lugh éalú ón bhuíon gardaí a bhí á chosaint. Lig sé air gur throdaí carbaid a bhí ann agus bhrúigh sé a bhealach roimhe go tosach an chathláin. Ghríosaigh sé fir na hÉireann le troid go fíochmhar ar son na saoirse ansin. Dar leis, b'fhearr bás a fháil sa troid ná maireachtáil faoin daorsmacht mar a bhí.

Nuair a chuala Balor gáir Lugh ar pháirc an chatha, bhí sé ina cholg nimhe ina chroí istigh. Ghearr sé a bhealach roimhe ionsar a namhaid. Bhuail sé le Nuadha i lár na páirce; thóg a chlaíomh os cionn a chloiginn agus mharaigh an rí. Lean sé air ag déanamh ar Lugh. Nuair a tháinig sé i ngar do Lugh, d'ordaigh Balor dá chuid fear na seithí leathair a ardú dá shúil, chun cumhacht na súile nimhe a scaoileadh saor. Naoi seithe a bhí ar an tsúil agus thóg na fir iad ceann i ndiaidh an chinn eile. An chéad seithe a thóg siad, thosaigh an raithneach a chríonadh; an dara seithe chuaigh an féar a sheargadh is a fheo; an tríú seithe thosaigh crainn na coille ag adhaint spréiche; an ceathrú seithe bhí goradh dearg ar na crainn; an cúigiú seithe loisceadh na sléibhte; an séú seithe chuaigh uiscí na lochanna a ghail; an seachtú seithe chuaigh móin an phortaigh a dhó; an t-ochtú seithe bhí an tír uilig ar aon bharr amháin lasrach.

Díreach agus iad ag tógáil an naoú seithe agus an domhan uilig ar tí a scriosta, thóg Lugh a chrann tabhaill gur theilg an tathlum le Balor. Thiomáin sé an tsúil nimhe amach ar chúl a chinn. Thit Balor siar ina chnap ar an talamh. Agus é ag titim siar, deirtear gur mharaigh sé seachtar agus fiche Fomhórach a bhí ina seasamh taobh thiar de! 'Is tú m'aon ó féin,' arsa Balor le Lugh, 'cibé cén dóigh ar tháinig tú anseo.' 'Is mé, a athair mhóir,' arsa Lugh. Fiú agus Balor ina luí ansin agus é i ndeireadh na péice ar fad, bhí seift eile aige chun an bua a fháil ar Lugh. 'Cuir anall do chloigeann faoin deoir nimhe atá ag sileadh as an tsúil agam,' ar seisean le Lugh. 'Fágfaidh sé bua ghaiscígh an domhain go deo agat.' Sháigh Lugh cloch mhór ghlas isteach faoin tsúil nimhe. 'Sin mo chloigeann istigh fúithi anois,' ar seisean.

Lig Balor don deoir nimhe a bhí sa tsúil titim anuas ansin. A luaithe is a bhuail an deoir nimhe an chloch, phléasc an chloch ina míle píosa. Dhóigh sí barr na bhfeagacha gur iompaigh dubh iad. Sheirg agus loisc sí na fánaí géara ar thaobh na hEaragaile gur fhág ina lomáin sceirdiúla chreagacha iad. An poll domhain a thochail sí sa talamh, líon sin lán uisce go ndearnadh Loch Beatha de, loch atá le feiceáil ansin go dtí an lá atá inniu ann. Bhain Lugh an cloigeann de Bhalor ansin. Bhí ardghaiscíoch na bhFomhórach ar lár. Bhí an tuar tagtha fán tairngreacht. Níorbh fhada gur bhris an cath ar na Fomhóraigh eile. An méid acu a tháinig slán, rinneadh iad a thiomáint siar a fhad leis an tír s'acu féin, tír faoi thoinn.

Buíochas

Ba mhaith linn ár bhfíorbhuíochas a ghabháil leis an mhuintir a thoiligh cuidiú agus comhairle dúinn chun saothar a thabhairt i gcrích.

Táimid faoi chomaoin ar leith ag Seán Mistéil ildánach agus ag Isabelle Kane, beirt a thug gach comhairle agus cuidiú dúinn go tuisceanach foighdeach! Míle buíochas.

Tá an tSnáthaid Mhór buíoch d'Fhoras na Gaeilge agus de Bhord na Leabhar Gaeilge as tacaíocht airgeadais a chur ar fáil.

Comhairle : Aodán Mac Póilin, Stiofán Ó Direáin, Jake Mac Siacais agus Éamonn Ó Faogáin

Léamh Profaí : Áine Nic Gearáilt
Breandán Ó Mearáin, Breandán Ó Fiaich, Fedeilme Ní Bhroin, Seán Mac Aindreasa

Ba mhaith linn ár mbuíochas a ghabháil le Jonny Dillon, Cartlannaí Lárionad Uí Dhuilearga do Bhéaloideas na hÉireann, UCD, as leaganancha den scéal a chur ar fáil againn.

Lucht Tacaíochta

Na Maincíní : Pádraic Ó Tuairisc, Liz MaCann, Cúbharra Mac Canna, Seán Mac Seáin, Máire Nic Sheáin, Róise O'Kane, Caoimhín Mac Giolla Chatháin.

Éadaí : Bernie Whitson

Iris Colour, Raidió Fáilte, An Chultúrlann

Grianghrafadóireacht : Mal McCann

Scannánaíocht : Seán Mac Seáin

An Dlúthdhiosca agus Fuaim : Simon Wood

Scéal : Dónall Mac Giolla Chóill